라푼젤,
빛나는 내일이 기다리고 있어

꿈을 잃지 않고 살아가는 너에게

라푼젤,
빛나는 내일이 기다리고 있어

라푼젤 원작

알에이치코리아

Disney Ladies Series
디즈니 레이디스 시리즈

어렸을 때부터 어른이 된 지금까지
오랜 시간 동안 우리에게
따뜻한 위로와 진심 어린 응원을 전하고 있는
디즈니 애니메이션.

삶을 더욱 빛나고 단단하게 만들어준,
자신이 얼마나 가치 있는 사람인지 알게 해준,
디즈니의 여성들이 전하는 이야기입니다.

탄탄한 스토리와 사랑스러운 캐릭터로 오랜 시간이 지나도 명작으로 꼽히는 디즈니 애니메이션 〈라푼젤〉.

마녀 고델에게 속아 18년간 성에 갇혀 지내지만 그 사실을 모른 채 언젠가 밤하늘의 빛을 가까이서 보겠다는 꿈을 품고 살아가는 라푼젤. 플린을 만나 세상 밖으로 한 걸음 내딛고 자신의 삶을 개척해나가는 그녀의 이야기는 꿈과 용기, 그리고 사랑에 대해 생각하게 합니다.

우리는 오늘도 수많은 기회 앞에 서 있습니다. 그러니 꿈꾸길 멈추지 마세요. 시작을 두려워 말고 한 걸음 내딛어 보세요. 당신에게 새로운 세상이 열릴지도 모릅니다.

라푼젤

코로나 왕국의 공주이지만 마법의 머리카락을 탐내는 고델에게 납치당한 뒤 성에 갇혀 살아왔다. 매년 자신의 생일에 하늘을 수놓는 불빛을 보며 성 밖의 세상을 꿈꾸고, 플린과 세상으로 나와 차츰 자신의 정체성을 찾게 된다.

플린 라이더

본명은 유진 피츠허버트, 왕국의 지명 수배를 받은 도둑이다. 함께 도둑질하던 스태빙턴 형제를 배신하고 도망치다가 우연히 라푼젤이 살고 있는 성에 들어가게 된다. 빼앗긴 왕관을 돌려받기 위해 그녀와 모험을 시작한다.

고델

영원한 젊음을 얻기 위해 라푼젤을 납치한 마녀. 욕망을 채우기 위해서라면 무엇이든 하는 위험한 인물이다.

파스칼

성 안의 생활을 지루해하는 라푼젤과 마음을 나누는 친구. 기분에 따라 몸 색깔이 변하는 카멜레온이다. 라푼젤의 진심을 대변한다.

막시무스

현상 수배범 플린 라이더를 잡으러 나선 왕실 경비대의 경비마. 후각이 예민하고 무척 영리하다. 의심이 많지만 따듯한 마음의 라푼젤 앞에선 온순해지며, 그녀의 든든한 조력자 역할을 한다.

Contents

3

**진실된
사랑을 꿈꿔요**

4

어른이
되어간다는 건

1

빛나는
보석은 내 안에

웃는 얼굴은 마음까지 밝혀줘요 ✦✦

웃는 얼굴은 보는 사람을 절로 미소 짓게 합니다.
라푼젤도 주위를 밝히는 미소를 가진 사람이죠.
높은 성에 갇혀 살 때는 몰랐던 기쁨과 즐거움을
사람들과 함께 웃으며 나눕니다.
세상 밖으로 나와 사람들과
금방 어울려 춤추고 노래할 수 있었던 것도
기분 좋게 만드는 그녀의 미소 덕분일 거예요.
웃으면 그 누구보다 행복한 건 바로 나 자신입니다.
도무지 웃을 일이 없는 것 같아도 한번 활짝 웃어보세요.

웃는 것 자체로 마음이 즐거워질지도 모릅니다.

내 삶의 항해사가 되어요

가까운 사람의 말과 태도는
생각보다 나에게 큰 영향을 줍니다.
신뢰가 있는 친밀한 관계에서 상대방이 나에게
어떤 말을 거듭해서 말한다면
어느새 그게 내 생각이라는 착각에 빠지기도 합니다.
늘 연약하다고 말하는 고델 때문에
스스로 그렇게 생각하게 된 라푼젤처럼요.
하지만 라푼젤은 직접 바깥세상으로 나가
고델의 말이 틀렸음을 증명했습니다.

주변 사람들의 말만 듣고
자기 자신을 판단하지 마세요.

내가 어떤 사람이며, 무엇을 할 수 있는지,
그리고 무엇을 하고 싶은지 정하는 것은 나 자신입니다.

꿈은 우리를 춤추게 해요 ✺

성에 갇혀 지낸 라푼젤도,

먹고 살기 위해 도둑으로 살아온 플린도,

험상궂어 보이는 주점의 도적들도,

모두 살아온 배경은 다르지만

마음 한켠에 꿈을 품고 있었습니다.

각자의 꿈을 노래할 땐 그 누구보다도 눈빛이 반짝이고요.

서로의 꿈 이야기를 들으며 차츰 경계도 풀게 되지요.

당신에게도 꿈이 있나요?

어른이 되는 동안 잠시 묻어두었던 꿈을 꺼내볼 때예요.

바로 지금요.

작지만
즐거운 일을 찾아보세요 ✺

비슷하게 흘러가는 하루하루를 살다 보면

가끔 일상이 지루하게 느껴질 때가 있죠.

그럴 땐 즐거운 일을 찾아 나서보세요.

오랜 시간 성 안에서만 생활한 라푼젤은 얼마나 따분했을까요?

그래서 그 나름대로 즐거운 시간을 보내기 위해

독서, 그림뿐만 아니라 발레, 도예, 양초 만들기 등

다양한 취미 활동을 즐깁니다.

라푼젤은 이런 시간을 통해 성취감을 얻고

매일 살아갈 힘을 얻지 않았을까요?

별것 아닌 작은 일이지만 나를 즐겁게 하는 일을 찾아보세요.

가볍게 시작해보고 나와 잘 맞지 않는다고 느껴지면

그만두면 될 일이고요.

지루하게만 느껴졌던 하루가 풍성해질 거예요.

용기는 꿈을 이루는 열쇠예요 ✨

성 안에서만 살아온 라푼젤은
자신의 인생이 아직 시작되지 않은 거라 생각했어요.
성을 벗어날 때 비로소 시작될 거라 믿었죠.

어릴 적부터 매년 자신의 생일이 되면
하늘에 떠오르는 무수한 불빛을 보며
언젠가 꼭 가까이서 보고 싶다는 꿈을 키운 라푼젤은
꿈을 이루기 위해 용기 내어 세상 밖으로 나옵니다.
도전해보고 싶은 일이나 이루고 싶은 꿈이 있다면
용기를 갖고 자신만의 '성'에서 나오세요.

당신 앞에 새로운 세상이 기다리고 있을 테니까요.

나를 비추는
세상이라는 거울 ✦

내가 있던 곳을 벗어나 새로운 장소에 가거나
해보지 못했던 것에 도전할 때,
그곳에서 다양한 사람들을 만날 기회가 생깁니다.
이전에는 만나지 못했던 다채로운 직업군과
연령대의 사람들을 만나게 되지요.
그러다 보면 세상을 보는 시야가 넓어질 뿐만 아니라
나라는 사람이 누구인지 객관적으로 볼 수 있게 됩니다.

라푼젤이 세상 밖에서 사람들을 만나며
자기 자신을 더 잘 알 수 있게 된 것처럼요.

내 안의 잠재력을 믿어요

타인의 말이나 자기 자신에게 가진 편견 때문에
스스로를 낮게 평가하는 사람들이 있습니다.
무서운 바깥 세상을 살기에는 너무 여리다는
고델의 말만 믿고 자란 라푼젤은
어느 날 성으로 뛰어든 플린을 프라이팬으로 기절시키고는
스스로에게 놀라 환호성을 지릅니다.
지금까지는 몰랐던
자신의 새로운 모습을 발견한 순간이었죠.
우리에게도 아직 보이진 않지만 잠재된 모습들이 있습니다.
그걸 발견해내는 건 우리 각자의 몫이에요.
'나는 이런 사람이야'라고
스스로를 섣불리 정의하고 제한하지 말아요.

할 수 없다고 생각했던 일을 해내거나
이전까지는 전혀 몰랐던 새로운 재능을 발견하면
스스로가 더욱 가치 있는 사람임을 깨닫게 될 거예요.

양심은
우리에게 기회를 줍니다 ✺

마녀 고델은 양심보다 욕망을 우선시하는 인물입니다.
그녀도 어린 라푼젤을 키우면서
때때로 미안함을 느꼈을지 모릅니다.
하지만 미안함보다 자신의 젊음에 대한 욕망이 더 컸죠.
라푼젤의 머리카락에 담긴 마법을 이용하려는 이기심이
결국 집착과 광기를 만들어 스스로를 파멸로 이끌었어요.
어딘가 떳떳하지 못한 기분이 들 때는
양심의 소리를 따라 올바른 선택을 해야 해요.

잘못된 선택이 나를 망칠 수 있기 때문이에요.

오래가는 아름다움은
겉모습에 있지 않아요 ✦

본인이 잘생기고 인기도 많다고 자신하는 플린은
지금까지 번지르르한 외모와 말재주를 앞세워
뭇 여성들의 마음을 사로잡았지요.
하지만 라푼젤에게는 그의 겉모습이 통하지 않았습니다.
라푼젤은 사람의 내면을 볼 줄 알았기 때문입니다.
내면의 아름다움이 묻어나는
표정과 행동은 매일 봐도 질리지 않습니다.
얼굴은 그 사람이 살아온 인생을 말해준다고 하지요.

나이가 들어도 아름다운 얼굴을 잃지 않도록
내면을 가꾸며 살아가세요.

부당한 일에는
화를 내도 괜찮아요

엄마라고 믿었던 고델에게 18년 동안이나 속아왔다는
사실을 깨달은 라푼젤은 크게 분노합니다.
다시는 고델이 자신의 머리카락을
이용하지 못하게 하겠다며 소리치죠.
평생을 누군가에게 속아왔다는 사실을 알게 되면
우리는 누구라도 화를 낼 수밖에 없을 거예요.
화에는 부당한 일에 맞서는 강한 힘이 있습니다.

그 힘을 잘 활용하는 지혜로운 사람이 되길 바랍니다.

2

나를 믿고
한 걸음씩

우선 한 걸음만 내딛어보세요 ✱

이루고 싶은 꿈이 있지만 자신이 없거나

지금의 안정된 생활을 잃을까 두려워

첫걸음을 떼지 못하고 있지는 않나요?

라푼젤도 마찬가지였습니다.

하지만 결국 자기 자신을 믿고 꿈을 이뤄냅니다.

라푼젤의 행동은 무모해 보이기도 하지만,

첫걸음을 떼기 위해서는 계획이 없는 편이 나을 지도 모릅니다.

계획만 좇다가 시작하지 못하는 경우가 허다하고

계획대로만 행동하는 사람은 자그마한

돌발 상황에도 쉽게 좌절하기 때문이지요.

작은 걸음이라도 괜찮습니다. 일단 한 발 앞으로 나아가보세요.

작은 발걸음이 모여 우리의 인생이 됩니다.

마음의 소리에
귀를 기울이세요 ✹

머리로 생각하는 것과 마음으로 느끼는 것 사이에 생기는
간극 때문에 고민하는 일이 자주 있지요.
카멜레온 친구 파스칼과 숨바꼭질을 하던 라푼젤은
밖으로 나가고 싶어 하는 파스칼을 말립니다.
자신도 나가고 싶은 마음을 애써 숨긴 채 말이죠.
성 안에서 사는 것이 좋다며 아무리 스스로를 달래보아도
바깥세상을 향한 궁금증은 되려 더 강해집니다.

결국 라푼젤이 성에서 나와 진정한 행복을 찾은 것처럼
머리로 이해하기보다 마음에 귀를 기울여야 할 때가 있습니다.
무엇 때문에 마음의 소리를 외면하고 있나요?

내가 진정으로 원하는 게 무엇인지
마음이 하는 말에 귀 기울이는 것이
행복한 삶을 위한 시작입니다.

자신과의 약속은
무엇보다 중요해요

자신과의 약속은 타인과의 어떤 약속보다도 중요하답니다.
스스로 정한 일을 지키지 않고 계속해서 어기면,
다른 사람의 질타를 받기 전에 자존감을 잃게 될 거예요.
그러니 상황과 타협하고 합리화하며
지키기로 다짐한 것들을 저버리지 말아요.

앞으로 나아갈 힘은 자존감에서 비롯되니까요.

주어진 오늘에 최선을 다해요 🌟

우리 인생은 우연에 의해 움직일까요,
아니면 운명에 의해 움직일까요?
누구도 명확한 답을 말해줄 수는 없지만,
가끔 인간의 의지와 힘이
닿지 못하는 일이 일어날 때가 있는 건 분명해요.

그런 일을 어떻게 이해하고, 활용할지는
자기 자신에게 달려 있습니다.

어쩌면 지금 눈앞에 있는 만남 또는 상황이 기회일지 몰라요.

부디 놓치지 마세요.

음악을 곁에 두면 힘이 돼요 ✦✦

음악이 부리는 마법을 경험한 일이 있나요?
황금 꽃의 힘이 깃든 라푼젤의 금발은
노래를 부르면 마법의 힘을 발휘합니다.
우리에게 마법의 머리카락은 없지만
음악은 늘 가까이에 있고, 음악에는 힘이 있습니다.
그렇기에 옛날부터 아이를 재울 때 자장가를 부르고
일을 할 때 함께 노동요를 불렀지요.
우리도 많은 시간을 음악과 함께 하지 않나요?

등굣길 혹은 출근길에는
늘 귀에 이어폰을 꽂아 무료함을 달래고
마음을 쏟아 놓고 싶을 때
노래에 감정을 이입해 부르기도 하고요.
큰 소리로 열창하면 스트레스가 풀리기도 해요.

오늘 하루도
음악의 마법을 누려보는 건 어떨까요?

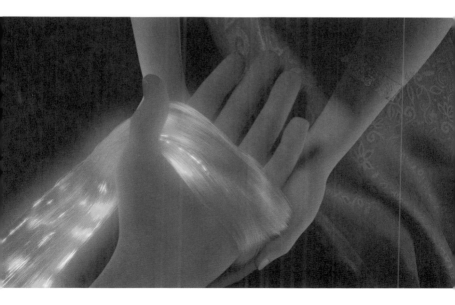

쓸모없는 시간은 없어요 ✨

생애 처음 세상 밖으로 나온 라푼젤은
엄마의 말을 어겼다는 죄책감과
성에서 나왔다는 기쁨 사이에서 갈등합니다.
그녀가 긴 망설임 끝에 떠나기로 결심을 굳혔듯이
우리는 고민하고 갈등하는 시간을 통해
정말 소중한 것이 무엇인지 깨닫습니다.
그러니 그 시간을 아까워하지 마세요.
좋은 결과를 위해 꼭 필요한 시간이니까요.

상황이 지나가기만을 바라기보다

깊이 있게 그 시간을 보낸다면

시간이 흐른 뒤, 한층 성장한 자신을 발견하게 될 거예요.

건강한 하루를 만들어요

적당한 운동이 건강에 좋다는 사실은 누구나 다 압니다.
운동은 스트레스를 풀어주고, 기분을 전환시켜주죠.
라푼젤은 18년 동안 성에서 한 발짝도 나온 적 없지만,
규칙적인 생활과 적당한 운동 덕분에
건강한 몸과 마음을 키울 수 있었습니다.
소질이 없다는 핑계로 운동을 멀리하는 사람도 있지만,
운동의 종류에는 여러 가지가 있어요.
발이 빠르지 않아도 구기 운동을 잘할 수 있고,
다른 사람과의 경쟁을 싫어하는 사람에게는
요가가 어울릴지도 모릅니다.
잘하고 못하고를 따지지 말고
자신에게 맞는 운동을 찾아 즐겨보세요.

건강한 몸과 마음으로
더 즐거운 하루하루를 보낼 수 있답니다.

잊어야 하는
일들과는 작별해요 ✺

과거에 사로잡혀 앞으로 나아가지 못하는 사람들이 있습니다.
이제는 달라져야겠다고 마음먹지만
지난날의 기억들이 자꾸만 뒷걸음치게 만듭니다.

라푼젤이 플린의 도움으로 긴 머리카락을 자르며
수동적으로 살아야만 했던 과거와 이별하듯
결단하고 끊어낼 때, 비로소 벗어날 수 있어요.

과거에 무슨 일이 있었든지 뒤돌아보는 것은 그만,
앞으로 펼쳐질 일을 기대하며 나아가요.

어떤 날엔
오롯이 나를 위해 ✨

왕과 왕비가 잃어버린 공주가 돌아오기를 바라며
수많은 등불을 하늘 높이 날리던 날은
라푼젤에게 특별한 날이었습니다.
라푼젤은 자신에게 선물을 주듯
그날은 꼭 창문을 열어 등불을 보았고,
언젠가 가까이서 보겠다는 꿈을 꿉니다.
우리는 하루하루 바쁘게 살아가느라
스스로를 돌보는 일에 소홀합니다.
가끔은 온전히 나를 위한 시간을 가져보세요.

숨을 고르고 삶을 가다듬으면서
내가 감사해야 할 사람들을 생각해보는 거예요.

3

진실된
사랑을 꿈꿔요

서로 의지하며 함께 걸어가요 🌟

세상에는 혼자 할 수 없는 일들이 있습니다.
라푼젤과 플린은 진정한 자기 모습을 찾기까지
많은 사람들의 도움을 받았고,
누구보다 서로가 서로에게 힘이 되어주었습니다.
노력해도 혼자서 할 수 없는 일이 있다면
상대방에게 손을 뻗어 믿고 의지해보세요.

내 생각보다 더 큰 힘이 되어줄 거예요.
반대로, 상대방이 도움을 요청한다면
있는 힘껏 지지해주세요.

서로 믿고 의지할 때 관계는 깊어집니다.

그때그때
고마움을 표현하세요

우리는 때때로 누군가에게 도움이 되기도 하고,
도움을 받기도 하며 함께 살아갑니다.
당신에게 손을 내민 사람을 잊어버리지 마세요.

대가를 바라고 도운 건 아니겠지만
부탁에 응한 사람 역시
감사의 인사를 받으면 무척 기쁠 거예요.

사과에도 용기가 필요해요 ✨

잘못을 인정하는 일은 참 어렵죠.
인정하면 왠지 손해 보는 것 같고 지는 것만 같아요.
하지만 그게 바로 소중한 관계를 지키는 지혜예요.

조금이라도 자신에게 잘못이 있다는 생각이 들면,
변명을 늘어놓기 전에
솔직하게 사과하는 것이 좋은 관계를 만듭니다.

기다리기보다
먼저 마음을 열어요

라푼젤이 플린에게 자신의 머리카락에 얽힌
비밀을 얘기하자 플린 역시
자신의 어린 시절 이야기를 해주며
아무에게도 알려주지 않았던 진짜 이름을 말해줘요.
좀처럼 털어놓지 못한 속 얘기를 한다는 건
상대방을 신뢰한다는 증거입니다.

상대방이 마음을 열어주길 바란다면,
먼저 자신의 마음부터 열어보세요.

사랑하는 사람의
행복은 나의 행복이에요 🌟

라푼젤은 성에 평생 갇히는 대신 플린을 살리려 하고
플린은 자신의 목숨을 버릴 각오로 그녀의 머리카락을 자릅니다.
두 사람 모두 위험한 상황을 앞두고
자신보다 상대방의 행복을 먼저 생각했어요.
사랑하는 사람이 행복하지 않다면, 나 역시 행복할 수 없습니다.
그래서 진정한 사랑이 무엇인지 아는 사람은
자신을 희생하더라도 상대방을 먼저 생각합니다.
상대방을 위해서 한 걸음만 양보해보세요.

손해 보는 것 같아도
상대방이 행복해하는 모습을 보면
나의 기쁨도 충만해집니다.

주는 사람이
손해라는 생각은 말아요

누구도 믿을 수 없는 세계에서 살아온 도둑 플린은
끝까지 자신을 믿어주는 라푼젤의 마음에 감동했습니다.
그래서 그녀를 끝까지 지키기로 다짐해요.
상대방이 나를 믿어주기를 기다리기보다
먼저 상대방을 믿어주세요.
상대방이 나에게 관심 가져주기를 기다리기보다
먼저 관심을 보여주세요.

믿음과 진심은 언제나 준 것 이상으로 돌아오기 마련이에요.

모난 부분도 감싸 안아주세요 ✻

항상 자신만만해 보이던 플린은 라푼젤에게
가난하고 약하기만 했던 고아 시절 이야기를 해줍니다.
플린의 이야기를 들은 라푼젤은
플린의 진짜 이름인 '유진'이 더 좋다고 말하지요.
그 말을 들은 플린은 내심 기쁘지 않았을까요?
우리는 사랑하는 사람이 자신의 기대에
늘 부응하기를 바라지만
그 어디에도 완벽한 사람은 없습니다.
나에게도 부족한 점이 있듯 상대에게도 부족한 점은 있습니다.

상대방의 모자란 부분을 덮어주세요.
그게 진정한 사랑의 모습입니다.

기대감을 가져도 괜찮아요 ✸

타인과의 관계가 늘 자신이 바라는 대로 흘러가지는 않지요.
상대방의 반응도, 그에 따라 시시각각 변하는
자신의 감정도 상상한 것과는 다를 거예요.
하지만 상대방이 나를 좋아하지 않을 거라고
멋대로 넘겨짚는다면 아무리 시간이 지나도
둘의 관계는 가까워질 수 없어요.

아무것도 하지 않으면서 고민만 하기보다는
긍정적으로 생각하며 행동으로 마음을 전하세요.

마음을 전한 데에는 후회가 없을 테니까요.

소중한 사람이라면
끝까지 믿어주세요 ✨

라푼젤은 플린과 한 가지 거래를 합니다.
밤하늘에 떠 있는 등불이 있는 곳까지 안내해주면,
왕관이 든 주머니를 돌려주겠다고요.
고델은 왕관을 돌려주면, 플린이 떠날 거라며
둘 사이를 갈라놓으려 하지만
라푼젤은 불안해하면서도 끝까지 플린을 믿습니다.
마음과 마음을 이어주는 힘은 믿음입니다.
소중한 사람이 있다면
그 무엇에도 흔들리지 않는 믿음을 가져보세요.
믿음이 없는 관계는 쉽게 깨어집니다.

두 사람이 무수한 시련을 넘은 끝에

함께 행복할 수 있었던 이유는

어떤 상황 속에서도 상대방을 신뢰했기 때문입니다.

서로를 존중할 때
사랑은 견고해져요

좋은 관계는 일시적인 안도감이나
편안함을 주는 것에 그치지 않습니다.
서로를 존중하며 자존감을 높여주고,
삶의 의미를 찾게 해줍니다.
플린은 자신을 있는 그대로 바라봐주는 라푼젤을 만나
어린 시절의 상처를 치유 받습니다.
그리고 도둑으로 살아온 지난날을 정리하고
라푼젤과 새로운 인생을 꾸려가게 됩니다.

상대방의 아픔을 보듬고 감싸주세요.
그 무엇도 두 사람의 관계를 떼어놓지 못할 거예요.

4

어른이
되어간다는 건

처음의 감정을 잊지 마세요 ✺

성에서 나온 라푼젤은 처음 밟는 잔디의 촉감과
처음 맡는 흙냄새와 새소리에 감격합니다.
그 후에도 처음 마주하는 세상의 경험들에
흥분을 감추지 못하고 벅찬 감사함을 느끼죠.
하지만 사람은 익숙해지면
처음의 감동을 쉽게 잊어버리곤 합니다.
큰 감동을 줬던 타인의 호의가 반복되면,
어느새 호의가 당연하게 여겨지고,
도와주지 않으면 불만이 생기기도 합니다.
처음에는 긴장하고 조심스럽게 하던 일도
익숙해지면 대충하게 될 때가 있고요.
우리의 인생은 매일 같은 일을 반복하는 것처럼 보이지만,
'지금'이라고 부르는 이 순간은 다시 오지 않습니다.

권태로움을 느끼고 있다면
첫날에 느낀 긴장감과 설렘을 떠올려보세요.
감사함은 넘치고, 의욕은 충만해질 거예요.

더 멋진 곳이
기다리고 있어요 ☀✦

구석구석 자신만의 재밋거리로 가득 채운 성은
아무 걱정 없이 살 수 있는 마음 편한 공간일지도 모릅니다.
안정된 생활은 보장되어 있으니까요.
그곳에 머무르면 실패나 좌절도 없겠지만
결코 지금보다 더 성장할 수도 없습니다.
라푼젤이 매일 반복되는 일상에
채워지지 않는 공허함을 느끼는 것도 바로 이런 이유죠.
높은 곳에서 내려다보는 풍경은
그곳에 오르기 위해 노력한 사람만이 볼 수 있습니다.

라푼젤이 큰 결심을 하고 밖으로 나와

찾은 진정한 자기 모습처럼

노력 끝에 다다른 곳은 분명 더 멋진 곳일 거예요.

두려움을
이겨낼 힘은 내 안에 있어요 🌟

시작은 언제나 두렵고 걱정이 앞섭니다.

낯선 상황을 마주하면,

누구나 불안감과 두려움을 느끼기 마련입니다.

하지만 무슨 일이든 시작하지 않으면 아무것도 얻을 수 없지요.

라푼젤은 어릴 적부터 바깥세상이

위험하다는 말을 들으며 자랐습니다.

그런 그녀에게는 성에서 나오는 것 자체가

상당히 두려운 일이었을 거예요.

해보지 않은 일을 앞두고 느끼는 두려움은
너무나 자연스러운 반응이에요.
라푼젤이 그 두려움을 극복할 수 있었던 건
밤하늘에 빛나는 불빛을 가까이서
보고 싶다는 간절한 마음이 있었기 때문입니다.
진심으로 하고 싶은 일이 있다면,
마음 속 열망을 원동력 삼아 도전하세요.

두려움을 극복할 때마다
자신감이라는 보물을 덤으로 얻게 될 거예요.

나 자신을 지켜요

정직함은 중요한 덕목이지만
모든 상황에 내세울 필요는 없습니다.
나에게 악의를 품은 사람이 있다면,
그에게 모든 걸 보여주지 않아도 괜찮아요.
도리어 나를 공격할 기회를 주게 될 테니까요.

라푼젤은 올곧고 정직한 성격이지만,
자신이 바뀌지 않으면 세상 밖으로 나갈 수 없음을 깨닫고
생일 선물로 물감을 받고 싶다는 핑계를 대며
고델을 멀리 보냅니다.
덕분에 세상으로의 첫 발을 내딛을 수 있었죠.

상황에 맞게 지혜를 발휘한다면
난처한 상황에서 자신을 구할 수 있을 거예요.

달콤한 말에 속지 마세요 ✹✴

듣기 좋은 달콤한 말 이면에는 선의를 가장하여
상대방을 마음대로 조종하려는
악의가 숨어 있을지도 모릅니다.
고델은 라푼젤을 성에서 못 나가게 하는 이유를
'너를 지키기 위해서'라고 설명하지요.
하지만 그녀의 내면 깊은 곳에는 라푼젤을
원하는 대로 부리고 싶은 욕심이 자리하고 있었습니다.
'널 위해서 하는 말인데'라는 말을 경계하세요.
그 말이 나에게 정말로 유익한지 잘 살펴봐야 합니다.

진심으로 상대방을 걱정하고 응원하는 사람은
그런 달콤한 말로 자신의 생각을 포장하지 않으니까요.

곁에 친구들을 두세요 ✳️

라푼젤은 처음 만나는 사람도
친구로 만드는 재주가 있습니다.
플린을 비롯해 주점에서 만난
험상궂은 도적들과 도도한 막시무스까지,
모두 라푼젤의 든든한 아군이 되어
그녀가 주체적인 삶을 살 수 있도록 도와줍니다.
친구를 만드는 라푼젤의 비결은 관심과 공감이었습니다.
주점에서 만난 도적들과 친해진 계기를 떠올려 보면
'여러분에게는 꿈이 없나요?'라는 한 마디였어요.
'꿈'이라는 얘기에 험상궂게만 보이던 그들은
각자의 꿈을 노래하기 시작합니다.
덕분에 긴장감 넘치던 장면이
순식간에 경쾌하고 즐거운 분위기로 바뀌고,
서로 친해질 수 있게 되지요.

상대방의 말에 귀 기울이며 공감해준다면
상대방은 마음의 문을 열게 됩니다.
그럼 저절로 주위에 사람들이 모여들 거예요.

인생의 목표를 점검하세요

모두가 손에 넣고 싶은 것이 하나쯤은 있을 거예요.

그걸 얻기 위해 노력하는 건 당연하지만

단순히 그것에만 매몰되어선 안 됩니다.

힘들게 얻은 지위나 재산도

단지 그것을 지키는 것 자체가 목적이 된다면,

삶의 의미를 잃어버릴지 모릅니다.

왜 그걸 얻고 싶은지,
그 후엔 무엇을 하고 싶은지 꾸준히 점검해보세요.

오늘을 충실히 살 때 성장합니다

순종적이었던 라푼젤은 고델의 거짓말을 알게 되고
처음으로 그녀의 말을 거스르려 합니다.
라푼젤은 세상 밖으로 나와 여러 사람을 만나고,
성에서는 알 수 없었던 많은 것을 보고 듣는 동안
풍부한 감정을 느낄 수 있게 됩니다.
다양한 경험 덕분에 세상을 보는
시야가 넓어진 그녀는 과거의 라푼젤과는 다릅니다.
모험을 통해 성장한 라푼젤은
자신이 결코 나약하지 않다는 것을 깨닫고,
고델에게 맞설 용기를 가집니다.
우리는 오늘 만난 사람과 풍경, 예측 못한 일들 가운데서
시시각각 반응하며 성장합니다.

낯설고 익숙하지 않다고 망설이지 마세요.
그 시간을 통과하는 동안 나도 모르는 새에
한뼘 성장했을 테니까요.

눈물이 지나가면 오는 것들 ✦

혹시 지금 슬픔에 잠겨 있나요?

길게만 느껴지는 이 순간이 영원할 것만 같나요?

걱정 마세요. 영원한 슬픔은 없습니다.

라푼젤에게도 눈물이 날 만큼 힘든 세 번의 시련이 찾아옵니다.

첫 번째는 플린과 함께 사방이 막힌 동굴에서

물에 잠길 위기에 처했을 때입니다.

궁지에 몰리게 된 것을 자신의 탓으로 돌리고는

그에게 마법의 머리카락에 대해 이야기합니다.

그 순간, 머리카락에서 힌트를 얻어

두 사람은 동굴에서 탈출하게 됩니다.

두 번째는 플린에게 배신당했다고 생각했을 때입니다.
절망과 좌절에 빠져 성으로 돌아온 라푼젤은
자신이 그린 그림을 보다가
문득 왕국을 상징하는 태양 문양을 발견하고는
자신이 잃어버린 공주임을 깨닫게 됩니다.

마지막으로 자신을 구하기 위해 탑으로 돌아온 플린이
고델의 칼에 찔렸을 때입니다.
라푼젤은 그를 부둥켜안고 웁니다.
이때, 라푼젤이 흘린 눈물이 기적적으로 플린을 살리게 됩니다.

이렇듯 끝이라고 생각한 순간에 기대치 못했던
좋은 일이 찾아오기도 한답니다.
그러니 끝났다며 좌절하지 마세요.
눈물이 지나간 뒤에는 크고 작은 행복들을 만나게 될 테니까요.

과정이 아름다운 사람이 더 근사해요 🌟

우리는 '꿈'이라는 명사 뒤에
'이루다'라는 동사를 자연스레 떠올립니다.
하지만 꿈을 이룬 사실 자체보다 더 중요한 것은
꿈을 이루기 위해 발을 내디딘 용기와
그로 인해 얻는 성취감입니다.
우리 주위에는 꿈을 이룬 사람보다는
이루지 못한 사람이 더 많아요.

자신의 분야에서 아무리 노력해도
주목받지 못하는 경우가 허다합니다.
하지만 결국에는 꿈을 포기하게 되더라도
해보지도 않고 후회하는 것과
최선을 다한 뒤 실패를 받아들이는 것에는 큰 차이가 있습니다.
그 과정에서 많은 걸 깨닫고 배울 수 있기 때문입니다.
결과가 어떻든 지금까지 잘해왔다고 스스로를 격려하는 것도
용기 있게 도전하고 끝까지 해본 사람만이
누릴 수 있는 특권입니다.
비단 꿈을 이루기 위해 노력하는 사람만이 아닙니다.

시련을 극복하기 위해,
현재 상황에서 벗어나기 위해, 자기 인생을 개척하기 위해
새로운 문을 열고자 하는 모든 사람은 박수받을 만합니다.

손에서 놓아야 알 수 있는 것

우리는 무언가를 포기하면서 또 다른 무언가를 얻습니다.

안정된 수입 대신 삶의 보람을 선택하는 사람도 있고,

남들의 시선을 의식하지 않음으로써

비로소 자신만의 길을 발견하는 사람도 있습니다.

발상을 전환해볼까요?

과거에 대한 후회, 부담스러운 인간관계,

아직 일어나지 않은 미래에 대한 불안감, 누군가를 향한 원망 등

떨쳐버리고 싶은 것을 하나만 골라 내려놓아 보면 어떨까요?

분명 비워낸 자리에 안정감이나 즐거움과 같이
예상치 못한 새로운 것을 채울 수 있을 겁니다.

라푼젤은 엄마라고 믿었던 고델의 거짓말 때문에 열여덟 살이
될 때까지 성 밖으로 나올 수 없었습니다. 하지만 라푼젤에게
는 밤하늘을 수놓는 등불을 가까이서 보고 싶다는 간절한 꿈
이 있었고, 용기를 내어 성 밖을 나와 진정한 자기 모습을 찾게
됩니다.

안전하다 여겼던 성을 벗어나 빛을 따라가면서 가슴 뛰는 삶
을 살게 된 라푼젤처럼 늘 꿈꾸기만 했던 일들에 과감히 도전
해 보세요. 더 이상 미루지 말고 용기를 내세요. 한 걸음을 떼
면 그 다음부터는 한결 쉬워질 거예요.

이제 눈을 감고 떠올려보세요. 여러분의 마음속에 펼쳐진 밤하
늘에서 가장 밝게 빛나는 별은 무엇인가요?

옮긴이 정은희

고려대학교 영어영문학과를 졸업한 후 출판사에서 교육서적을 기획하고 편집했다. 오랜 꿈을
이루기 위해 글밥아카데미 번역가 과정을 수료하고, 현재 바른번역에서 전문 번역가로 활동 중
이다. 옮긴 책으로 《하버드 행복 수업》, 《곰돌이 푸, 행복한 일은 매일 있어》, 《미키 마우스, 나
자신을 사랑해줘》, 《디즈니 프린세스, 내일의 너는 더 빛날 거야》 등이 있다.

라푼젤,
빛나는 내일이 기다리고 있어

1판 1쇄 인쇄 2020년 3월 2일
1판 1쇄 발행 2020년 3월 18일

원작 라푼젤
옮긴이 정은희

발행인 양원석 **편집장** 차선화
책임편집 이슬기 **디자인** 이재원 **영업마케팅** 양정길, 강효경

펴낸 곳 ㈜알에이치코리아
주소 서울시 금천구 가산디지털2로 53, 20층 (가산동, 한라시그마밸리)
편집문의 02-6443-8916 　 **도서문의** 02-6443-8800
홈페이지 http://rhk.co.kr
등록 2004년 1월 15일 제2-3726호

ISBN 978-89-255-6901-7 (03800)